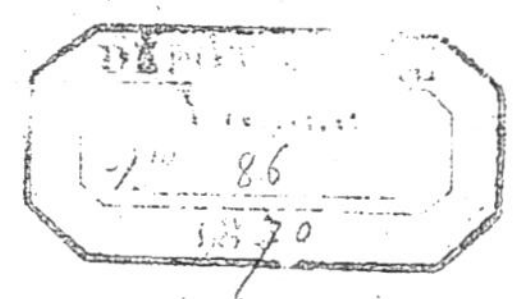

LES

BUTTES-CHAUMONT

OU SAINT-CHAUMONT

Les temps anciens et les temps modernes

PAR

MARIUS REYNAUD.

CHATELLERAULT

DE L'IMPRIMERIE BICHON FRÈRES

JUIN 1870

LES

BUTTES-CHAUMONT

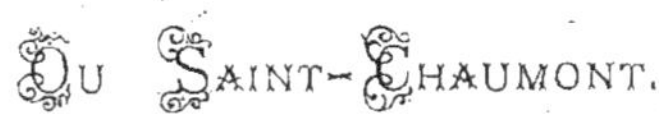

Du Saint-Chaumont.

Vers le nord de Paris, non loin de Romainville,

Adossés aux plateaux où s'assied Belleville,

Il était autrefois des lieux âpres, affreux,

Où tout homme de bien n'osait jeter les yeux,

D'un volcan, disait-on, c'étaient les froides laves,

Ou bien du feu du ciel les lugubres épaves.

Jamais aucun oiseau n'y construisit son nid,

Le chant du rossignol jamais n'y retentit.

Mais quand venait la nuit de sinistres volées

De cent chauves-souris inondaient les vallées.

A leurs cris se mêlait l'étrange hurlement

Du nocturne hibou, du grave chat-huant.

Des troupes de rongeurs fouillaient les terres glaises.

Le vent riait, pleurait à travers les falaises.

Quelques brins d'herbe épars, quelque tronc rabougri

Y remplaçaient l'arbuste et le gazon fleuri.

Comme à ces bords mortels que baigne une mer sombre

Jamais un arbre ami n'y déploya son ombre.

Le hâve équarisseur, entouré de corbeaux ,

Y dérobait leur proie à de hideux tombeaux.

Le soir le vagabond, rebut de la grand'ville,

Dans de grands souterrains plaçait son domicile.

Le voleur, à l'œil louche , y cachait ses larcins ;

Il y fraternisait avec les assassins.

Les druides souvent y brûlaient les impies.

Homère en aurait fait un nid pour les harpies.

Le Franc disait qu'Odin s'était reposé là

Avant de remonter au divin Walhalla.

Il revenait un jour de faire aux Goths la guerre

Encore tout couvert de sang et de poussière,

Lorsque dans son sommeil plusieurs brigands romains

Allaient porter sur lui de criminelles mains.

Mais tout à coup le dieu de sa lourde framée

Les précipita tous dans la terre enflammée,

Et le feu dévorant courant aux alentours
N'y laissa que des monts comme de vieilles tours.

Lorsque le Prussien — qu'il revienne s'il l'ose —
Arriva sous Paris avec son air morose,
De vaillants jeunes gens, d'intrépides soldats
Y soutinrent sans peur d'héroïques combats
Et ces monts que hantait la plus vile bohême,
Et qui portaient encor des siècles l'anathème,
Illustrés depuis lors par la mitraille au front,
Firent connaître à tous les buttes Saint-Chaumont.

Mais ce nom, maintenant inscrit dans notre histoire,
Ne s'est acquis alors qu'une stérile gloire,
Et l'aspect de ces lieux, déserts et désolés,
Attristait les regards comme aux temps écoulés.

« Si la paix l'eût permis, j'aurais fait des merveilles, »
Avait dit en exil, dans ses dernières veilles,
Celui qui, comme un dieu, faisait trembler les rois,
Et qui dans leurs palais leur prescrivait ses lois.
Et son esprit qui règne encore aux Tuileries
Répare ces regrets, accomplit des féeries.

La ville où l'étranger vient dépenser son or,

Sous une habile main prend un nouvel essor.

D'immenses boulevards que le platane ombrage,

De superbes maisons où la richesse nage,

Des temples où l'on prie, où l'on adore Dieu,

— Car la foi se conserve ou renaît au saint lieu — ,

Des travaux incessants qui sont le pain du père

Et qu'attendent, le soir, les enfants et la mère,

Sont aux yeux étonnés comme un enchantement,

Et font du vieux Paris un vaste monument.

L'air du ciel entre à flots dans de plus grands espaces

Et le soleil rayonne en de plus belles places.

Partout des oasis où murmurent les eaux,

Où, du matin au soir, s'ébattent les oiseaux.

L'enfant y joue aussi, le vieillard s'y repose,

Et, sans la cultiver, y respire la rose.

A l'est comme à l'ouest on voyait deux grands bois

Sauvages comme au temps où le plus saint des rois,

Assis au pied d'un chêne, y rendait la justice.

Leur sol aux promeneurs n'était guère propice :

Leurs arbres trop nombreux étouffaient le gazon,

Et le regard gêné n'avait pas d'horizon.

Seulement sur leurs bords quelques rares clairières,

Donnaient aux citadins, qui passaient les barrières,

Un peu d'herbe, un peu d'ombre, un peu d'air et d'azur

Dont ils se contentaient quand le ciel était pur.

Quelques sentiers déserts, de tristes avenues

Coupaient timidement des terres inconnues.

On n'osait pénétrer au milieu de leur plan,

Car l'on craignait le sort du pauvre Catelan.

Mais que tout est changé ! De nombreuses allées

Sillonnent maintenant les monts et les vallées.

Des lacs y sont creusés où l'on voit le poisson

Se jouer au soleil sans craindre l'hameçon.

Au milieu de leurs eaux sont des îles fertiles

Où l'œil confond les fleurs avec les volatiles.

Le cygne, balancé sur les flots sinueux,

S'avance, comme un roi, d'un port majestueux.

Des canaux murmurants y promènent leurs ondes,

Les yeux peuvent errer dans des plaines profondes,

Dans un vaste horizon parcourir les coteaux,

Ou bien se reposer sur des gazons nouveaux.

On se croit transportés dans les jardins d'Armide,

Dans l'île où Calypso garde un prince candide.

La foule aux jours de fête accourt sur la vapeur,
Et respire en ces bois l'air pur et le bonheur.

En voyant les grands parcs des heureux de la terre,
Et leurs bosquets touffus, où règne le mystère,
Qui ne s'est jamais dit : « Je voudrais bien avoir
Un coin de ces beaux lieux; mais, hélas! vain espoir! »

Amis Parisiens, ces bois qui vous entourent,
Que vos pas en tous sens, à toute heure parcourent,
Sont à vous comme s'ils étaient ceints de remparts;
Vous pouvez en jouir du cœur et des regards.

Mais cet enchantement qui partout nous attire,
Comme on est entraîné par les sons de la lyre,
Aux Buttes-Saint-Chaumont nous accompagnera,
Et dans ces lieux nouveaux sans cesse augmentera.

Lorsque les spectateurs d'une scène féerique
Ont vu se dérouler le tableau fantastique
De torrides déserts, de montagne de feu
Dont les rocs calcinés semblent maudits de Dieu,
Si tout à coup des eaux limpides, murmurantes,
De ces rocs, de ces monts, en cascades fumantes

Tombent et vont couler dans ces mêmes déserts ,
Changés en frais bosquets , en fleurs , en tapis verts ,
L'esprit est confondu par tous ces artifices ;
Le regard enchanté les suit avec délices.

De même ces déserts , ces coteaux , ces vallons ,
Ces arides rochers , ces montagnes sans noms ,
Cet ensemble d'horreurs que parfois la nature
Rejette de son sein comme une lave impure ,
Vous laissent tout entier dans l'ébahissement ,
Émerveillé , saisi d'un si grand changement.
On croit voir le produit de la main d'une fée ,
Ou des accords divins d'Amphion ou d'Orphée.
La pierre a revêtu la mousse et le gazon ,
Et l'eau court en chantant de vallon en vallon ;
Le sol crayeux , couvert de terre végétale ,
Répand aux environs les parfums qu'il exhale ;
Le granit vous présente et le lierre et des fleurs ,
La grotte en souriant vous montre ses splendeurs.

Mais entrons maintenant dans ce nouveau domaine ,
Sans avoir à la main la branche de verveine
Pour écarter le mal , disparu sans retour ,
Comme après la nuit sombre apparaît un beau jour.

Touristes, amateurs des Alpes gigantesques,
Vous qui cherchez au loin des sites pittoresques,
Vous n'aurez pas ici de superbe glacier,
Où repose la nue, où plane l'aigle altier;
Mais vous vous écrierez auprès de ces merveilles :
« Oui, nous trouvons ici des beautés sans pareilles. »

Après avoir monté la route de Puebla
— Nom que notre étendard est venu planter là, —
On franchit une grille et l'on est dans l'enceinte
De nos Buttes-Chaumont qui, comme un labyrinthe,
Nous présentent d'abord, en forme d'éventail,
Des tapis d'émeraude et des bouquets d'émail;
Un gracieux chalet, coquet comme une rose,
Des collines, un pont qui sur deux monts repose;
Puis, de chaque côté, comme deux larges bras,
Deux chemins disposés à conduire nos pas,
Qui se fractionnant, contournant les collines,
Ou grimpant en sentiers, pareils à des ravines,
Vous laissent indécis, entre deux mamelons,
S'il faut monter, descendre ou longer les vallons.

Mais sur une hauteur qui domine l'espace,
A droite en serpentant chacun vient prendre place.

Dieu ! quel panorama ! Le regard incertain
Cherche à s'orienter sous l'horizon sans fin.

Devant nous, c'est Paris ! Paris, la ville unique,
Cette mer de plaisirs, ce volcan politique,
Ce magique foyer dont les brillants rayons
Attirent, fascinés, les yeux des nations.
Les peuples et les rois à l'envi le visitent ;
Il est hospitalier pour tous ceux qui l'habitent ;
Il s'embellit pour tous comme un vaste jardin ;
Le talent s'y produit, y règne en souverain.
Dans toutes les maisons, à des ruches pareilles,
Pour l'univers entier éclosent des merveilles.

Le voilà tout entier ! J'entends sa grande voix,
Roulant de rue en rue et jusque dans les bois,
De palais en clochers, de colonnes en dômes
Mon regard va, revient, comme dans ces royaumes
Où l'œil est ébloui par l'or, le diamant.
Et je me laisse aller à mon ravissement.

Voilà le Panthéon : la vierge de Nanterre
Habite dans l'enceinte ; au-dessous est Voltaire.

Voici l'Arc-de-Triomphe, et, site aérien,
Placé comme un Argus, le mont Valérien.
L'église de Russie, aux coupoles dorées,
Brille comme un fanal sur les mers azurées.
Tout près, le parc Monceaux montre ses peupliers;
Ses platanes ombreux et ses vieux marronniers.
Parterre ravissant comme une Béotie,
Autrefois le séjour de l'aristocratie.

Maintenant chacun peut y passer ses loisirs,
Y prendre son soleil, son ombre, ses plaisirs;
Y rêver doucement tout seul dans la nuit sombre
Ou bien causer à deux, sous la lune ou dans l'ombre.

Au-delà, sous la brume, au sud-est de Paris,
Paraît un nouveau parc qui sera Montsouris.
En face, à quatre pas, Montmartre nous salue.
Dans la plaine du nord la ville continue.
Là sont d'autres cités où fument des fourneaux,
Où s'élèvent aussi des monuments nouveaux.
Là-bas on voit passer la vapeur haletante,
Qui dévore l'espace en sa course grondante.

Et l'*Ouest*, et le *Nord*, et l'*Est*, plus rapproché,
Vers l'Océan, le Rhin vont porter leur marché.
C'est par là que nous vient et la libre Amérique,
Et le fils d'Albion, et le Teuton sceptique.

Dans cette plaine immense est assis Saint-Denis,
Où l'on croirait ouïr l'aboyant Anubis.
Là sont nos Pharaons avec leurs pyramides.
Mais laissons-les en paix dans leurs caveaux humides.

L'horizon se marie aux plus riants coteaux,
Où, comme l'alcyon, blanchissent des hameaux.
Dans ce cadre enchanteur, en forme de couronne,
La Seine lentement et serpente, et rayonne,
Et, comme le regard qui ne peut s'en lasser,
Elle embrasse ces lieux avant de les laisser.

Et maintenant aussi quittons ce belvédère,
Non sans avoir jeté main regard en arrière.
Au mamelon voisin allons porter nos pas ;
Ne l'avons-nous pas vu qui nous tendait les bras ?

Mais c'est l'œil du jardin, l'autel du tabernacle,
Dévoilant tout à coup un saisissant spectacle ;

C'est une vision des contes d'Orient ,
Des tours de l'Alhambra , des palais d'Ossian !

Ce sont des ponts, un lac d'où sortent des montagnes,
Comme on en voit au loin dominer les campagnes ,
Ou comme au sein des mers il est des pics fameux ,
Près des bords africains , s'élançant vers les cieux.
Et ces ponts sur le lac , et ces monts qui s'y baignent,
Et ces coteaux fleuris qui mollement l'étreignent.
Unis avec le ciel dans le miroir des eaux ,
Rappellent à l'esprit les plus charmants tableaux.

Mais allons de plus près considérer ces choses ,
Et suivons ces sentiers tout diaprés de roses.

Voici de clairs ruisseaux qui, mouillant les chemins,
S'en vont parmi les fleurs gazouiller leurs refrains.
Aux sources de l'un d'eux, qui murmure en cascade,
Assise sur un banc , telle qu'une naïade ,
Est une jeune femme au front charmant et doux.
Son travail de ses mains roule sur ses genoux.
Modeste en son maintien, où respire la grâce ,
Elle ne rougit pas sous le regard qui passe.

Elle aime l'air des champs, qu'elle trouve en ce lieu,
Et prie en travaillant sous le regard de Dieu.

Mais descendons toujours. Au-dessus de nos têtes,
Et comme un arc-en-ciel reposant sur deux crêtes,
Un pont unit le lac à l'île des rochers,
Où s'élèvent leurs pics, pareils à des clochers.
Ses côtés sont à jour, brillant d'un rose tendre,
Et des rayons d'azur paraissent s'y suspendre.
On y voit les passants et descendre, et monter,
Plonger la vue en bas, sur son arc s'arrêter.
Et l'on aime à songer à l'échelle biblique
Que contemplait Jacob en son rêve magique.

En contournant le lac au pied de ces monts Blancs,
On ne peut se lasser de contempler leurs flancs.
Un sentier y serpente au milieu des ravines,
Et l'on cherche la chèvre à travers les collines.

Mais voilà des pigeons planant sur leurs sommets,
Où le bruyant corbeau ne reviendra jamais.
L'un d'eux vient picorer entre les interstices
Des rocs où pend le lierre au bord des précipices ;

Puis reprenant son vol, en décrivant un arc,
Il nous montre en passant le chef-d'œuvre du parc :
C'est la grotte. — En entrant on regarde, on admire,
Et tout ce que l'on voit on ne saurait le dire.
Il faudrait le pinceau du divin Raphaël
Pour peindre ce qu'on sent, pour décrire ce ciel
D'où pendent vers le sol d'énormes stalactites,
Ou laissent aux parois de sveltes stalagmites.

Au sommet du jardin un limpide canal
Laisse échapper en nappe une onde de cristal,
Qui, sortant d'un rocher, dans le gouffre qui fume
Bondit et rejaillit en bouillonnante écume,
Roule sous un tunnel dans la poudre et le bruit,
Reparaît au soleil devant l'œil qui le suit,
Puis par un dernier bond dans la grotte s'élance
Et la remplit d'éclairs et de sa voix immense.
Il se fraie un passage au travers du granit.
— Un enfant, à genoux, s'abreuve dans son lit. —
Il caresse en son cours les plantes aquatiques,
Et va fournir au lac ses tributs sympathiques.

Mais voilà deux époux promenant leur hymen.
Jeunes et gracieux, comme dans leur Eden

Nos deux premiers parents, ils sont mouillés par l'onde
Et ne remarquent pas la cascade qui gronde:
Ils sont venus pour voir et ne savent voir qu'eux.
Que leur faut-il de plus? Ne sont-ils pas heureux?

En gravissant, à droite, une côte rapide
De deux sources on voit couler l'onde limpide.
Le passant altéré peut goûter leur fraîcheur,
Comme en ce mont fameux (1) le pieux voyageur
Va se désaltérer à la fontaine sainte
Où les pieds de la Vierge ont laissé leur empreinte.

Ecoutez, écoutez!... Quels sont ces sifflements
Stridents et souterrains, et ces sourds roulements?
Est-ce de Lucifer l'infernale cohorte,
Et de l'enfer ici trouverions-nous la porte?
Mais le sol a tremblé!... Mon Dieu, secourez-nous!
Que vos anges, Seigneur!...— Amis, rassurez-vous,
Les esprits maintenant n'habitent plus la terre,
Et le progrès humain perce plus d'un mystère.
Il n'est rien dans ces lieux qui révèle l'enfer.
Ce que vous entendez, c'est le chemin de fer

(1) La montagne de la Salette.

LES BUTTES-CHAUMONT.

Qui contournant Paris, ainsi qu'une planète,
Dans vingt-deux stations, immobile, s'arrête,
Sillonne la campagne et traverse les bois,
Affronte la rivière et la franchit deux fois,
Puis dans un long tunnel, semblable au noir Arverne,
S'enfonce en rugissant, comme dans sa caverne
Le lion apparaît. Il roule sous le mont
Et vient sortir enfin dans les Buttes-Chaumont.

On ne voit pas ici le Styx ni le Tartare
Que l'on pouvait confondre avec ce lieu barbare,
Mais des arbres, des fleurs, un gazon verdoyant,
Que réflète un beau lac en son flot ondoyant.

Mais quel est donc ce temple au-dessous de la grille,
Entouré d'acacias comme d'une charmille ?
Simple, mais élégant, on ne s'attendait pas
A rencontrer ici cette œuvre sous ses pas.
Il domine à ses pieds la jeune colonie
Que fonde parmi nous la blonde Germanie.

Sur le plus haut sommet de nos monts rajeunis,
Où l'on va maintenant par des chemins unis,

LES BUTTES-CHAUMONT.

Il est un autre temple, un temple de Sybille,
D'un grandiose effet, d'un remarquable style,
Image de celui d'où, dans les champs romains (1),
Le mensonge rendait son oracle aux humains.
De nombreux pèlerins entourent ses colonnes,
Comme pour apporter à Vesta des couronnes.

Divines fictions qui charmiez les anciens,
Dont s'inspirent encor même des cœurs chrétiens,
Votre règne n'est plus ; la vérité plus belle
Eclaire les esprits d'une clarté nouvelle.

Ce temple aérien, élevé dans ces lieux,
Où tout est véritable autant que merveilleux,
Où surgissent partout les plus heureux contrastes,
Cache sous sa blancheur des souvenirs néfastes.

(1) Le temple de Vesta, à Tivoli.

MONTFAUCON ET CHARLES IX

ÉPISODE

Vous, qu'attire de loin son élégant fronton,
Vous pouvez approcher, ce n'est plus Montfaucon !
Montfaucon était là !... qui peut jamais le croire ?
Et c'est vrai, cependant, c'est ce que dit l'histoire.

C'était dans le bon temps où la trêve de Dieu
Régnait pour arrêter et le fer et le feu,
Où le manoir servait de sinistre repaire
D'où sortait le seigneur pour égorger son frère,
Où, pour savoir s'il faut à Dieu parler latin,
L'ami de son ami se faisait l'assassin,
Où le long des chemins des corps pendaient aux arbres,
Où les cœurs endurcis n'étaient plus que des marbres.
Et nos bons rois tuaient et pendaient encor mieux.
Et par leur ordre ici des piliers odieux
Balançaient nuit et jour de nombreuses victimes,
A qui l'on reprochait bien souvent pour tous crimes

De n'avoir pas pensé comme leur seigneur roi,
Dont la volonté seule avait force de loi.

Un beau jour du mois d'août, aux fameuses journées
Où les Français tombaient sous de saintes saignées
— C'était trois jours après la Saint-Barthélemy ;
Nos rois ne faisaient pas les choses à demi :
Ils aimaient à polir leurs glorieux ouvrages, —
Le manant, ébahi de ces lointains parages,
Regarda défiler le cortége nombreux
De dames, de seigneurs, superbes, radieux.
Gaîment ils chevauchaient. De joyeuses paroles
Aux rires éclatants mêlaient leurs hyperboles.
A leur tête marchaient la froide Médicis
Et, le panache au vent, le roi Charles, son fils.
C'était toute la cour. L'illustre compagnie
Allait voir Montfaucon, piquante d'ironie ;
Car ce charnier royal, tombeau de Marigny,
Venait de s'enrichir du traître Coligny.

Mais quand on aperçut le mont patibulaire,
Et les corps balancés en avant, en arrière,
Ou tournant sur leurs crocs aux caprices du vent,
Un frisson accueillit ce spectacle émouvant.

Une halte se fit. Et les rires cessèrent,
Et tous les courtisans, muets, se regardèrent.
Les dames pâlissaient. De tristes souvenirs
Traversaient ces esprits avides de plaisirs.
Saint-Germain-l'Auxerrois parut se faire entendre,
Et quelques-uns d'entre eux qu'on avait voulu pendre
Furent saisis d'effroi. Les chevaux frémissants
Humaient l'air et dansaient sur leurs jarrets puissants.
Ce tumulte fut court. Charles et Catherine
Poursuivant leur chemin touchaient à la colline.
La troupe s'ébranlant les rejoignit bientôt,
Et la gaîté revint, et l'on parla plus haut.

Rien de plus curieux, comme de plus grotesque,
Et de plus lamentable et de plus pittoresque
Que de voir cette foule aux habits élégants.
Serpentant au soleil sur des coursiers fringants,
Venant pour parader devant des corps livides
Et repaître leurs yeux comme des Euménides.

Là se trouvaient de Guise et la reine Margot,
Et son nouvel époux qui n'osait souffler mot,
Qui, sentant le poignard suspendu sur sa tête,
Par force s'était joint à cette affreuse fête.

On y voyait aussi les deux frères du roi,
Gracieux et brillants comme au plus beau tournoi.

Les chiens et les corbeaux quittaient leurs vieux repaires
Pour les abandonner aux vrais propriétaires.
Ils avaient vraiment tort, car ils ne fuyaient pas
Quand le bourreau venait pourvoir à leurs repas.
C'était probablement par quelque déférence
Pour ces grands pourvoyeurs de la haute potence.

Le vent ne soufflait plus. Cent cadavres pendaient,
Immobiles, hagards ; leurs yeux creux regardaient,
Comme étonnés de voir dans cette cavalcade
De quelque grand tournoi la brillante parade.

Dès qu'on fut rapproché de cette légion,
Charles neuf lentement en fit l'inspection.
Le principal objet de sa noble visite,
Celui dont il voulait honorer le mérite,
Etait aux premiers rangs, comme le plus honni :
C'était le vieux, le grand, l'honnête Coligny.
C'était pour lui surtout qu'on s'était mis en fête.
Comme saint Jean-Baptiste il n'avait plus de tête ;

Comme l'apôtre Pierre, attaché par les pieds,

Il montrait tous les coups qu'il avait essuyés.

Et la dérision analysait ces restes,

Comme pour couronner les jours les plus funestes.

Mais malgré les parfums dont tous s'étaient couverts

Des miasmes impurs empoisonnaient les airs.

Et le brave Henriot, — qui sauvera la France, —

Fit la remarque au roi de cette pestilence.

« Le corps d'un ennemi, dit Charles en riant,

L'ami... sent toujours bon... j'en suis assez friand.

Toutefois, il n'est pas si bonne compagnie

Qu'on ne quitte, messieurs. » Et d'un ton d'ironie :

« Salut, noble Gaspard ; mon bon père, bonsoir ! »

Et l'écho des caveaux répondit : Au revoir !

Et par de grands saluts et des mots de tendresse

On fit à l'amiral assaut de politesse.

Ensuite on s'en alla chanter un *Te Deum*

Pour donner à ce jour un dernier décorum.

Et quelque temps après, dans son lit solitaire,

Ce roi se débattait contre une mort amère,

Et frénétiquement il répétait : Bonsoir !...

Et voyait Coligny lui répondre : Au revoir !...

Il s'entendait nommer par de sanglants fantômes
Qui traversaient la Seine ou qu'on jetait des dômes.
Il appelait ses gens et nul ne répondait.
Sa nourrice pourtant tendrement l'assistait.
Tout à coup dans ses bras se jetant en arrière,
La main droite en avant, il ferma sa paupière.

Puis une voix cria dans ce lugubre lieu :
« Laissez, laissez passer la justice de Dieu ! »

COROLLAIRE

Comme de ces hauteurs nous avons pu sans peine
Parcourir l'horizon, les coteaux et la plaine,
De même notre esprit rappelant le passé
L'a revu dans ces lieux sans s'être déplacé.

Un infâme gibet, remplacé par un temple
Que du matin au soir le visiteur contemple,
Atteste le progrès accompli dans nos mœurs :
C'est la religion venant sécher des pleurs.

Continuons, amis, notre pèlerinage,
Et voyons jusqu'au bout ce gigantesque ouvrage.

En descendant du temple, où l'œil aime à rester,
A courir dans l'espace et l'âme, à méditer,
On suit vers le couchant un sentier des Cévennes,
Taillé dans le granit des Alpes jurassiennes.
Puis on rencontre au bout un pont de fil de fer,
Ou le pas cadencé vous balance dans l'air.

A droite, des rochers, au-dessus des abîmes,
Comme pour s'embrasser penchent vers eux leurs cimes.
C'est là que des pigeons aiment à se nicher,
Sans craindre des enfants qui viennent les chercher.

Devant nous un chalet nous présente des glaces.
Tout en les savourant et sans quitter nos places,
Nous pouvons parcourir plus attentivement
Ce que nous avons vu, comme en un firmament.

O vous (1), dont le génie acccomplit tant de choses,
Qui changez les déserts en parterres de roses,
Vous avez nettoyé l'étable d'Augias,
Sans vous être servi des eaux de l'Eurotas ;
Vous avez transformé de hideuses montagnes,
Et fait, d'horribles lieux, de riantes campagnes ;
L'histoire de Paris inscrira votre nom
A côté des Le Nôtre et des Germain Pilon.

(1) M. Alphand, ingénieur de la ville de Paris.

L'EMPEREUR D'AUTRICHE

Épisode aux Buttes-Chaumont

Nous sortions en pensant à tout ce que peut faire
Un esprit créateur dans le désir de plaire.
Nous disions : « C'est ainsi que le divin progrès
S'affirme tous les jours, s'avance avec succès.
Il s'empare d'abord de l'esprit et de l'âme
Qu'il transforme au contact de sa céleste flamme.
Ainsi que le soleil, il nous vient lentement,
Puis remplit l'univers de son rayonnement.
Les mains obéissant au souffle qu'il inspire
Renouvellent la terre, où tout vient nous sourire.
Les lieux les plus ingrats se changent en jardin :
Nous avons retrouvé les délices d'Eden. »

Tout à coup nous voyons, comme pris de panique,
Tout le monde courir vers un endroit unique.

Comme dans la prairie en un pressant danger
Un troupeau tout entier accourt vers le berger.
On parle d'empereur. Voilà son équipage.
C'est l'empereur d'Autriche ! Il est sans entourage.
Il descend vers la grotte. Allons le voir aussi :
On ne voit pas souvent un Empereur ici.
Le voilà devant nous. C'est l'hôte de la France ;
C'est le nôtre aujourd'hui ; saluons sa présence.
Il nous rend son salut comme un simple mortel.
Le Français n'aime pas un air trop solennel ;
Mais si l'on sait aller à son cœur pacifique,
Toucher habilement sa fibre sympathique,
On dispose de lui, comme une habile main
Maniant un coursier qui ne sent pas le frein.
Aussi ce descendant du belliqueux Lothaire
Depuis longtemps connaît notre franc caractère.
En fêtant de tout cœur ce Carlovingien
Le Français sympathise avec l'Autrichien.

Depuis qu'à Fontanet la française Neustrie
Par un combat sanglant de sa sœur l'Austrasie
Se sépara, jamais deux grandes nations
N'ont pu jouir en paix de leurs relations.

Mais les temps sont venus d'oublier tant de haine ,
De la fraternité de renouer la chaîne ,
De planter entre nous l'éternel olivier ,
Où le progrès de Dieu veut se réfugier.
Les guerres de trente ans , les guerres séculaires
Poseront à ses pieds leurs armes meurtrières ;
A son ombre la paix et les arts fleuriront ,
Ainsi que les rochers dans les Buttes-Chaumont.

Les Temps Anciens

ET LES TEMPS MODERNES

Quand, au commencement, rien n'avait d'existence,
Tout n'était que chaos, ténèbres et silence ;
Mais quand le Verbe eut dit aux éléments : « Soyez » ;
Au soleil, à la lune, aux étoiles : « Brillez » ;
Aux vents : « Portez ma voix » ; à la plaine liquide :
« Tu n'iras pas plus loin » ; au rossignol timide :
« Tu chanteras pour moi la majesté des nuits,
« Et je te nourrirai des dons que je produis » ;
Aux nuages légers : « Répandez sur les plaines
« Vos bienfaisantes eaux, fécondez les fontaines » ;
A tous les animaux des bois et des déserts,
Aux habitants de l'onde, aux oiseaux dans les airs :
« Vous obéirez tous aux lois que je vous trace » ;
Et vous respecterez tous ceux de votre race ;

A l'homme : « Je te donne une âme pour m'aimer,

« Un cœur pour me servir, un esprit pour charmer ;

« Je te fais souverain de toute la nature,

« Et livre en ton pouvoir toute autre créature.

« Tu chériras ton frère et lui feras du bien,

« Et tu te souviendras que je t'ai fait de rien » :

Tout obéit alors à cette voix suprême,

Les êtres animés et la nature même ;

La terre se couvrit de végétation,

Fit autour du soleil sa révolution.

Mais l'homme oublia tout, tout excepté le crime,

Et son esprit tomba dans un profond abîme.

Quand l'Évangile vint, sa divine beauté

Releva pour un temps la faible humanité.

Mais la religion fit place au fanatisme,

Engendrant de nouveau l'inhumain égoïsme.

Cependant la raison d'accord avec la foi

Rétablit parmi nous la véritable loi.

C'étaient les droits de l'homme inscrits dans l'Évangile :

La liberté pour tous, l'égalité civile.

Et l'ordre social s'établit pour jamais,

Et la fraternité régnera désormais.

Les cœurs plus adoucis tous les jours se polissent,

Comme d'affreux déserts changent et s'embellissent.

Et les temps ne sont plus de ces meurtres pieux

Que pour l'amour du ciel commettaient nos aïeux.

Le riche avec amour soulage l'indigence,

Et les pauvres entre eux se prêtent assistance.

Quand le malheur sévit contre des citoyens,

On partage avec eux et sa vie et ses biens.

L'EMPEREUR ET L'IMPÉRATRICE

Le trône s'associe à toutes nos misères
Et porte ses secours jusque dans nos chaumières.
On voit le souverain à la fureur des flots
S'exposer pour le peuple et partager ses maux.
D'un mal contagieux il respire l'haleine
Et des pestiférés il adoucit la peine.

Ange venu du ciel pour aimer les Français,
Sa compagne avec lui prodigue les bienfaits.
Humble et douce de cœur, comme le divin Maître,
Partout elle répand la joie et le bien-être.
De l'orphelin, du faible elle est l'ange gardien,
Et comme Jésus-Christ passe en faisant le bien.

Nos hôpitaux l'ont vue, aux jours d'épidémie,
Au chevet des mourants se dire leur amie,

Par de tendres propos apaiser leurs douleurs

Et répandre avec eux de sympathiques pleurs.

Ils bénissaient le nom de cette noble femme ,

Et, le sourire au front , rendaient à Dieu leur âme.

Et la vie et l'espoir renaissaient sous ses pas ,

Et son simple regard commandait au trépas.

Les hommes et les cieux contemplaient cette scène

Qu'à l'univers entier présentait cette reine.

L'IMPÉRATRICE A AMIENS

Un jour on entendit des plaintes dans Amiens :
C'était cette Rachel pleurant ses citoyens.

Du fond de l'Orient la peste asiatique,
Le choléra-morbus sur cette ville antique
Etait venu s'abattre et la remplir de deuil.
Déjà ce n'était plus qu'un immense cercueil.
Ses habitants tombaient, comme dans la prairie
Sous la tranchante faux tombe l'herbe mûrie.
Tout à coup dans ses murs, désolés et déserts,
Des cris d'étonnement s'élèvent dans les airs :
« L'Impératrice est là !... voilà l'Impératrice !
Nous n'osions espérer cette libératrice ! »
Et le peuple disait, la suivant en tout lieu :
« Laissez venir à nous cet ange du bon Dieu ».
Les cœurs réconfortés par sa douce présence,
Oubliant tous leurs maux, reprennent confiance ;
Comme aux champs transalpins un jeune général
A nos tristes soldats relevait le moral,

Elle marche sans crainte à l'ennemi terrible,
D'autant plus effrayant qu'il est plus invisible.
Mais elle le connaît. Pour en avoir raison
Il faut assainir l'air, éclaircir l'horizon,
Remuer les esprits par de bonnes paroles,
D'ordinaires moyens renverser les idoles,
Changer, par un peu d'or, la paille des grabats,
Et nous montrer le trône au niveau de nos pas.
Et la contagion n'ayant plus de pâture
Disparaît comme un souffle au vent de la nature.

Et la cité d'Amiens, sortant de son tombeau,
Devant l'ange de Dieu respirait de nouveau.

Quels sont les conquérants, ô reine, dont la gloire
Peut égaler jamais la vôtre dans l'histoire ?
La Sœur de Charité restera votre nom,
Non moins grand que celui du grand Napoléon.

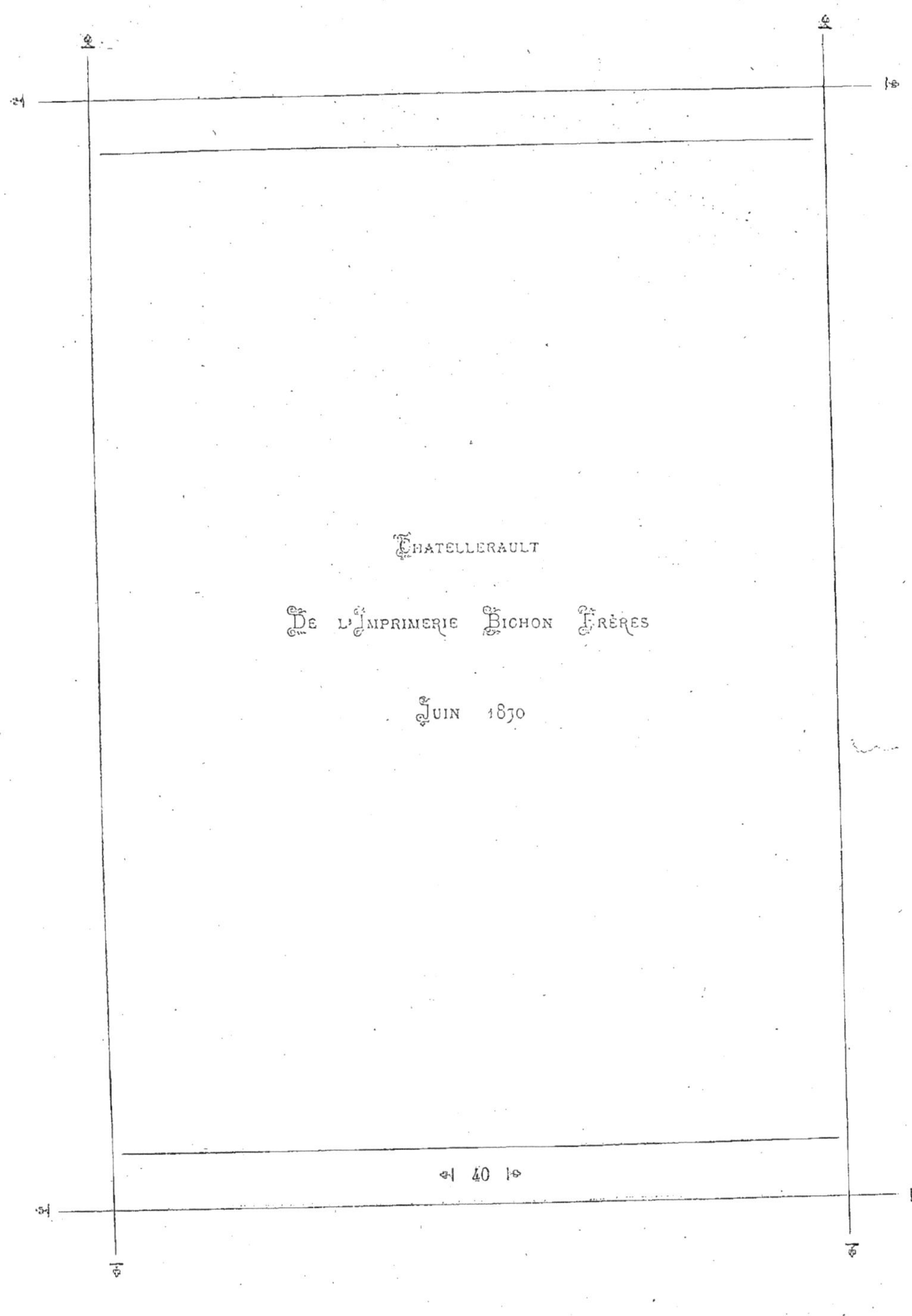

Chatellerault

De l'Imprimerie Bichon Frères

Juin 1830

40